2

Das ist ein Gliedermaßstab und kein Zollstock!

-    „Wissen" für Klugscheißer und jene, die es werden wollen –

Bibliografische Information der Deutschen Nationalbibliothek:
Die Deutsche Nationalbibliothek verzeichnet diese Publikation in
der Deutschen Nationalbibliografie; detaillierte bibliografische
Daten sind im Internet über dnb.d-nb.de abrufbar.

TWENTYSIX – Der Self-Publishing-Verlag
Eine Kooperation zwischen der Verlagsgruppe Random House
und BoD – Books on Demand

© 2019 Groth, S. M.

Herstellung und Verlag:
BoD – Books on Demand, Norderstedt

ISBN: 978-3-7407-3099-4

5

Vorwort

Wer kennt das nicht? Man führt eine normale Unterhaltung und nutzt Worte oder Redewendungen, die jeder Mensch, den man kennt, so verwendet und dann ist einer dabei, der es einfach immer besser weiß. Egal, ob es jemanden interessiert oder nicht, derjenige muss immer seinen Senf dazu geben.

Dieses Buch soll Ihnen ermöglichen, Ihr Klugscheißerwissen zu erweitern oder überhaupt erst aufzubauen. Natürlich ist dieses Buch nicht abschließend oder vollständig.

Für alle anderen: Haben Sie Spaß beim Lesen und kommen Sie dem Klugscheißer zuvor!

Inhaltsverzeichnis

I. Zollstock

Wie viele Menschen nutzen Ihn und benennen Ihn als Zollstock und wie viele Menschen wissen nicht, dass es gar kein Zollstock mehr ist. In unseren Breitengraden werden mit diesem netten zusammenklappbaren Holzmessgerät Zentimeter oder Meter gemessen. Da er mehrere Glieder besitzt, die man auseinander- oder zusammenklappen kann, ist die korrekte Beschreibung Gliedermaßstab.

II. Wasserrohrzange

Ein wohl schon oft falsch benutztes Wort, was dennoch jeder Gesprächspartner versteht. Die Wasserrohrzange. Wie viele Menschen haben Sie schon genutzt, um feste Schrauben zu lösen oder schwer zu fassende Gegenstände. Wer macht sich da Gedanken, wofür die Zange eigentlich ist und das ihr Name falsch sein könnte. Es versteht ja jeder.

Die Wasserrohrzange ist nicht für ein Wasserrohr, sondern für eine Wasserpumpe, daher ist die korrekte Bezeichnung: Wasserpumpenzange.

III.   Der „Rucola"

Der Rucola. Wie viele Menschen springen auf den Zug auf und nehmen an, der löwenzahnähnliche Salat wäre super gesund und trendy. Man findet den Namen auf vielen Speisekarten, und Flyern, in Rezepten und Supermärkten. Aber gehen Sie mal zu einem Landwirt und kaufen einen Rucola-Salat. Nachdem dieser zu Ende gelacht hat, wird er Sie fragen, wer den Salat kaufen, würde, wenn er wüsste, dass es die Raukel ist, die er da isst.

IV.   Adventskalender

Jeder kennt ihn, jeder benannt ihn falsch: der Adventskalender. Wörtlich gesehen wäre es ein Adventskalender, der abhängig vom Advent ist. Bei dem Entstehen des Adventskalenders war dies so. Am ersten Advent durfte das erste Türchen geöffnet werden. Dies führte zu starken Problemen in der Industrie. Musste doch der Adventskalender jedes Jahr neu kreiert werden und an die jeweiligen Tage bis Weihnachten angepasst werden. Damit die Produktion jedes Jahr gleich sein konnte, einigte man sich darauf, dass er jedes Jahr am ersten Dezember beginnen sollte. Es wurde ein Vorweihnachtskalender.

V.　　Laktosefrei

Vielerorts sieht man große Werbebanner mit dem Slogan „laktosefrei". Doch diese Lebensmittel sind selten wirklich laktosefrei. Käse und Milch können nicht ohne Laktose hergestellt werden. Vielmehr wird diesen Lebensmitteln ein Enzym beigemengt, welches die Laktose im Körper zersetzt.

Biologen sagen, dass der Mensch Laktose nur in der Kindheit verträgt, da er zunächst auf die Muttermilch angewiesen ist. Durch die Evolution wurde dieses verändert, so dass viele Menschen in der Lage sind, Laktose nunmehr auch im Erwachsenenalter zu vertragen.

VI.   Coffee to go, Handy, Flatrate ...

Um möglichst weltgewandt zu klingen nutzen viele Menschen englische bzw. englisch klingende Begriffe. Denn genau dies sind die bereits genannten Begriffe. Sollten Sie mit einem Engländer oder Amerikaner reden, wird er sie nicht verstehen oder einfach für bescheuert halten. Hier nur eine kleine Auswahl, mit der Sie andere Menschen konfrontieren können und zeigen können, dass das Gegenüber keine Ahnung von der englischen Sprache hat.

Lebensmittel zum Mitnehmen heißen „for take away", da man sie mitnehmen möchte und nicht unbedingt zum Gehen haben möchte.

Das Handy ist das „mobile" oder das „mobile phone". Es wurde lediglich von dem deutschen Wort „Wand" abgeleitet und englisch betont. Voila, es klingt nach einem englischen Begriff.

VII.   Sinn machen

Es geht natürlich auch anderes herum: Man leitet Dinge aus dem englischen in die deutsche Sprache über. Beispielsweise stammt der Ausspruch „Sinn machen" vom englischen „make sense" ab und hat per se nichts mit dem deutschen „Sinn ergeben" zu tun, wird aber synonym dafür verwendet. Etwas ergibt Sinn, wenn es in sich schlüssig und nachvollziehbar ist.

Natürlich kann etwas auch Sinn haben, nämlich immer dann, wenn es ein Ziel oder einen bestimmten Zweck hat.

VIII.   Tempo, Zewa etc.

Oft wird man gerade in der Erkältungszeit gefragt, ob man ein Tempo hätte. Tempo ist jedoch entweder ein Synonym für Geschwindigkeit, was in diesem Fall keinen Sinn ergibt oder derjenige möchte ein Taschentuch der Firma Tempo. Wie auch bei Zewa handelt es sich bei Tempo um einen Markennamen und nicht um einen übergreifenden Begriff für ein bestimmtes Produkt.

IX.   Porridge

Eine weitere Wortklauberei der Werbeindustrie ist Porridge. Ein absolutes In-Essen. Viele Firmen nutzen den Namen, um ihre Produkte an den Mann oder an die Frau zu bringen. Viele Menschen kaufen es, da es doch gut klingt und das Marketing super ist. Porridge sei gesund und leicht bekömmlich. Wenn wundert es, da Porridge doch Haferschleim ist?! Aber wer isst schon Haferschleim? Alte oder kranke Menschen, doch niemand, der mitten im Leben steht?!

X. Über die Ampel gehen

Schnell gesagt und schon ein Augenrollen kassiert? Wer sagt es nicht: Ich gehe da über die Ampel. Haben sie das einmal versucht? Über eine Ampel zu gehen? Hier sind oft Kinder die kleinen Klugscheißer, dem sie gehen über die Straße an der Ampel.

Um allem dann die Krönung des Wissens aufzusetzen: Eine Ampel gibt es gar nicht. Es handelt sich um eine Lichtzeichenanlage.

XI. Blinker

Jedes Auto hat einen, auch wenn vielen Autofahrern dies nicht so bewusst ist. Vielleicht würde sich das erledigen, wenn der Blinker bei seinem richtigen Namen genannt wird: Fahrtrichtungsanzeiger.

XII.   Pkws / Lkws

Noch zwei Wörter, die es eigentlich nicht gibt, viele Menschen aber nutzen.

Es ist ein Personenkraftwagen bzw. Lastkraftwagen und mehre Personenkraftwagen bzw. Lastkraftwagen. Ein „s“ hat hier bei der Mehrzahl von Pkw bzw. Lkw nichts zu suchen.

XIII.   Lisas Ball

Eine grammatikalische Unart ist der weibliche Genitiv. Während die Zuordnung von Gegenständen bei männlichen und neutralen Formen durch ein einfaches Endungs-„S", ist dies bei weiblichen Formen nicht so einfach.

Korrekt heißt es also: Lisa ihr Ball.

Fortsetzung folgt…